『キャラヴァン・ノート』

西野 赤

キャラヴァン・ノート　目次

装幀・絵　平野友識

Notes de caravane

dédié à Jean-Michel BONET,

mon maître

キャラヴァン・ノート

今生

青空が　私を渡り　海にある
燕《つばくろ》が　私を越えて　明日《あす》にある
あなたは　私を貫いて　春となり
花びらに　あらはれ　私は　いまにある

絵具

つくえに置かれた
絵具箱
両手で蓋を開けてみると
皺一つない
銀色に煌めく豊満なチューブが
欠けるところなく
居並んでいる
十二色
黒紺青緑
黄緑赤朱

焦茶茶黄土
黄
白
手を拱《こまね》くほどに　揃っている
初めてのもの

そばにいる

テニスコートの
ネットは解《ほつ》れ
コートは剥げている

河川敷の昼下がり
歩くのに草臥《くたび》れた彼は
朽ちかけたベンチのうえに仰向けになった

空いちめんに　鰯雲
遊んでいた砂場

そこから
彼は出ていった

描《えが》き散らした水彩画
それを
彼は眺めなかった

河面《かわも》に滑らせた小石のつくる波紋に
彼は
耳を澄まさない

鉄橋を渡る列車は上りばかりで
彼は行方を失って

しょうがないから　ぼくが
胸のいたみになってやり　眼《まなこ》から流れでて
頬《ほお》を濡らしてあげる
そばにいるよと
教えてあげる

せつな

目を逸らすまで
目を合わせるとき
透ける
目を合わせるとき
ひとりであることを辞める

目を合わせるとき

捨てられたぬいぐるみを
拾いあげて
破れにそっと
手を当てる
治せないけど
庇《かば》おうとする
いたわりが　かよう

いたはり

しんしんと　うづきのゆめの　ふりしきる
こんこんと　よそらのいたみ　ふりつもる
またたくごと　ゆきのはて
こごへる　てのひらに　やどるのみ

手作りのお菓子

絵本を贈った返礼に　もらったお菓子

それは
服装が清潔で　姿勢がよく
艶がある

朝《あした》には　手紙を書きなれた指のはたらきで　僕の髪を洗い
玄関先まで見送りに出て
しっとりしたくちびるで　挨拶をしてくれた

くじけても
日々にやぶれない　丁寧さがきっと
お菓子をこんなにも美しくするのだろう

まなざしのかけら

彼女と彼は見つめ合い

消耗する蝋燭の炎を　吹き消した時
彼女の輪郭のさきに　懐かしい光を　彼は視る

潮の満ち干が奏でる　水面《みなも》の肌理《きめ》に　唇は届かない
天地のつぶやきを受け止めてきた　断崖の姿に　指は達しない
スカイブルー纏った　少女は屹立し
組み合わされた掌《たなごころ》に　一羽の燕《つばめ》は憩う
そして風が

肩口に切り揃えられた黒髪を梳《す》き
彼女たちが　ともに翔びたつ時
海に空に　銀色が　響き渡って

寺院の鐘を打つ　務めをなげうった時
彼の胸の奥に　溢れるあこがれを　彼女は聴く

駆ける白は　乳房よりもあまく
永春《とこはる》の草原《そうげん》は　髪よりもかぐわしい
寝そべった　素足の少年が歌い
透き通る青に　一羽の鷹が　自由を舞う
そして息吹が
なめらかなみぞおちを撫で
彼と彼女がともに　瞑黙した時
地に天に　陽射しのリズムが　満ち溢れて
ふたりはおなじものをみつめている
まなざしのかけらをあわせて

独り寝に夢野に出でて面影を摘む　ておくれにひとをかなしみ

氷りの下

そう

みみのピアスに触れる
指のはら
流氷の海へ
ボートが漕ぎだす

そう

うちもものうえに這う

やわらかな爪
囁きに似た
氷のひびわれへ
ふたりが分け入れば
ニュアンスは　吐息へと下降して　とけゆく

にぎりしめる　手と　て
光に梳《と》かされた海の　底へ
鼓動のこだまする　無疵《むきず》の場所で
貴方の名前と
わたしのこえが
まじりあう　ひとつに

二色の――

美術室の床に飛び散り
踏みつけられていく　油絵具
白昼　おしだされて
あなたのと　わたしのとが　入りまじり　掠《かす》れていく

みちくさの粃《しいな》 I

存在はアナロジーである。
同行《どうぎょう》二人《ににん》。
誰もが、宙空にあって独りではない。

在ることはつねに、在るものとともに。

みちくさの粃　II

薔薇はゴミよりも香《かぐわ》しい。感性の普遍性。

感性は、イデオロギーの放棄から開かれる。

感性こそ理性を説き伏せる。理性は考え続けることはできるが、結論を出せない。感性が理性に迫りつづけ、理性を押し切る。決断の問題は、感性の強度に応じて、導かれることへと変貌を遂げる。

みちくさの粃　Ⅲ

いま、実証主義は自家中毒をおこして瀕死の状態にある。
実証は実証しえないことに支えられている。

〈近代〉が虐殺したもの、それは神秘である。

意識は構築的であり、〈自然〉は神秘的である。意識から〈自然〉への関与は部分的であるが相互的ではある。喩えるなら、〈神〉への認識の深まりが〈神〉自身のありようを改めさせるように。

〈近代〉、あるいは男性性と女性性の調和を失うこと。

傷つけられた女性性のために。
誰かの切実な思いに耳を傾けること、それは僕もともに傷を負うこと。
そして恢復もまた、ともに。

さやかな場所――月。

握りあう手

小さな部屋も
窓さえ開け放てば
広々とする
大したものは
あまりなくて
片づくものは
片づけて
片づかないものは
捨ててしまって

ともに床《ゆか》に横たわってみれば
窓から射す
陽の光にも
耳を澄ませられる

ふたりのてがかり

プラットホームに入ってくる普通列車
ゆるやかにカーブする上り坂
口ずさむ早朝《あさ》

出かけるまえに　まじわった

物が置かれているだけの文化住宅の一室は
間口の狭い玄関も
路地に面した窓も
開け放たれたまま

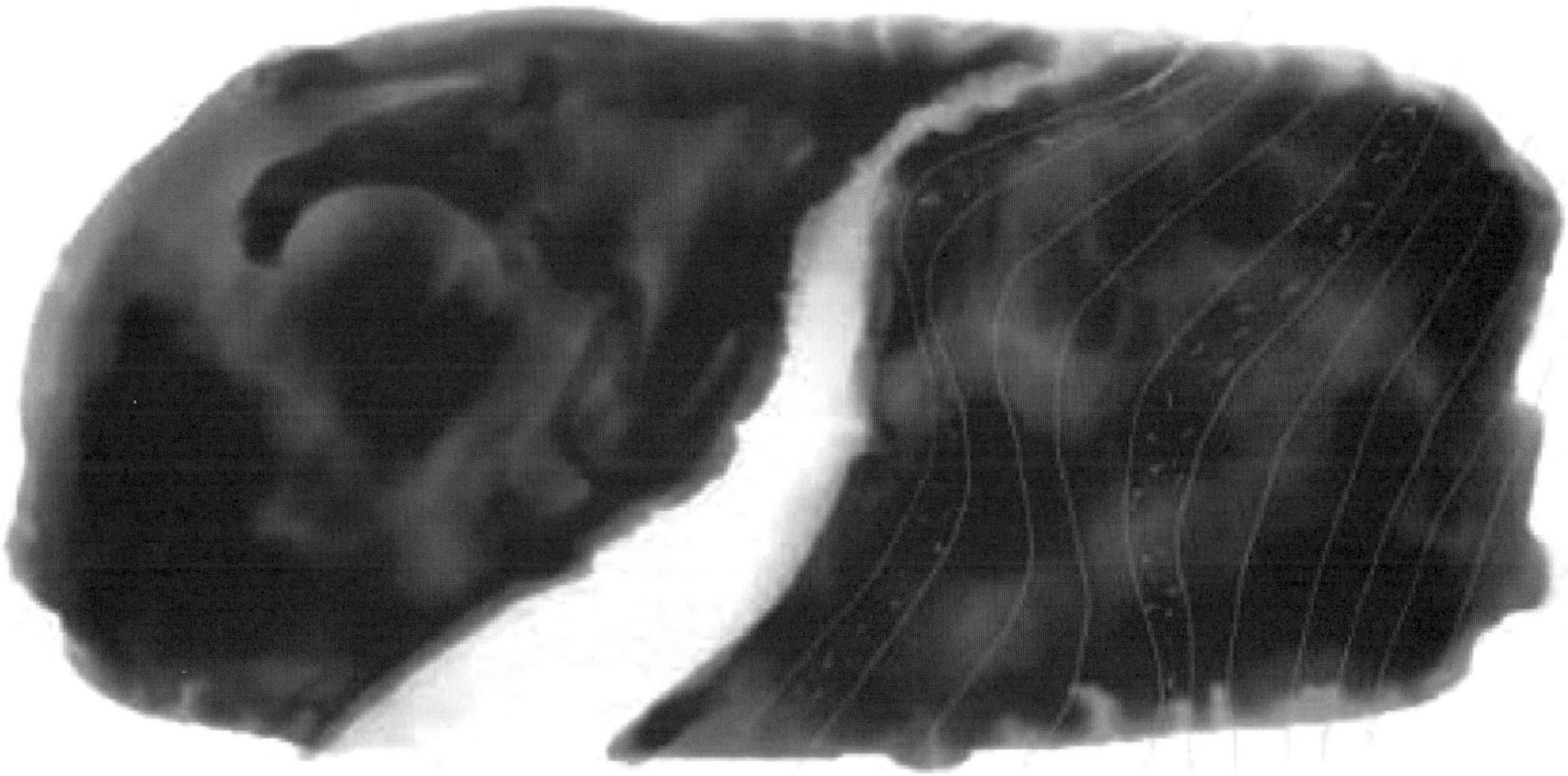

文化住宅より

母屋は焼失した

引っ越してきた文化住宅
虫だらけだった部屋を
一緒になって調えてくれた隣の女

錆びた物干し竿に吹かれている白い物
くすんだテレビ画面に映っているダムの湖面
前を通り過ぎていく薔薇色の商用軽自動車

手すりの下に寝っ転がった三輪車
階段をつづみうつ　少女の履いた赤い靴

カン　カン　パ
カンカン　パ

彼女もまもなく
夕飯の買い物を終えて　帰ってくる

支度

いつもより　早くに帰宅した
部屋の床には　陽の光が　たまっていた
ああ　春だ
このつぶやきも　数限られた季節にある
窓を拭こう

窓をつくる

爪先で
少しずつ
壁を削る
ただ　雨音の波　響く　外へ向かって
閉め切られた　この部屋に　閉じ籠められているから
窓
たったいまも　そだちゆく翼たちを
放つ日を
つくりはじめる

みちくさの粃　Ⅳ

動かなくなった腕を、切り落とさなければならない理由はない。

忘れられること、無視されること、顧みられないことこそ、生命を支える。例えば、池に小石を投げて水面に滑らせること。波紋が広がること。それを眺める刹那。それがなければ人は生きられない。樹が、葉を風にそよがせることなしに生きられないことに同じ。

何気ないことを丁寧に書くことは尊い。

みちくさの粃　V

韻律とは、意味の束縛を受けない、数限られたことばの紐帯である。

「逃亡」は「闘争」に似ている。

「渡世」と「詩性」のあいだを往還する。

名づけることはかなしい。

みちくさの粃　Ⅵ

物語とは、孤児のそれである。

誰もが抱える出生の秘密が、物語の源泉にある。
それは語られ、紛れてしまった。

いかなる終末にもことばは生き残っている。充実したことばがなければひとは生きられない。にもかかわらず、ことばが侮辱されることに異を唱えない時代は、端的に言って狂っている。

「汝が望むところを為せ」しかして、望みの内には〈私〉はいない。
〈私〉にひとは憩えない。

キャラヴァン・ノート

新月の幕屋《まくや》に
ふたりは　互いに髪を梳《と》かし　くちびるに蜜を塗る

しかして
砂紋は　もえあがる髪
蒼い砂丘の向こうへ　水の畔にまでつづく
獣たちの憩う
砂粒は　解《ほど》かれたものたちの骨
こぼれ落ちていく　悲しみの地層へ
はじまりの水脈《みを》

けれども
殺し合わされた者たちは風砂
いまいちど血を流さなければ　贖《あがな》えぬと呻《うめ》き
けれども
ながされた嬰児たちは宙空
生きているとさえ　充たされているのだと
満天に瞬く

青空

枯れた観葉植物
グラスに注がれていた果汁は涸れ
倚りかかっていた椅子までも嗄《しわが》れて
夏の真んなかに落ちてきた水玉
虹からにじむ果敢なさ
さみしさに織り込まれた気高ささえも
黙殺された場所へと投げ棄てられて
青く
空っぽが立っている

有明のヴァリエテ

有明乃漁火泥舟影加奈於浪漂吾身奈良受波

ありあけのいさりひなつむほかけかななみにたたよふわかみならすは

ありあけのいさり火なづむほかげかな波にただよふわが身ならずは

有明の漁火なづむ舟影かな波に漂ふ我が身ならずは

有明ノ　漁火泥ム　舟影カナ　波ニ漂フ　我ガ身ナラズハ

アリアケノ　イサリビナヅム　ホカゲカナ　ナミニタダヨフ　ワガミナラズハ

月明りは辿れず、僕たちは帰れない

仕事で嫌な目に遭ったとか
友達と喧嘩したとか
煙草が切れたとか
そんなことではなくて

道が混み合っているとか
映画を観てがっかりしたとか
ビールが不味いとか
そんなことではなくて

クリーニング屋が閉店したとか
家の鍵を失くしたとか
口内炎ができたとか
そんなことじゃないんだ

陽に灼かれては
月明りに冷やされて
独り渡りきろうとして
辿りつけなくて
しくしくとこの胸が

疼くんだ

会いたいのに帰れない
月夜《げつや》

小波《さざなみ》の打ち寄せる断崖の上には
襤褸《ぼろ》を着た嬰児が
地面に両手をついて　仰ぎ見ている

じっと　見つめている

背中の向こうの丘の上には
古城の廃墟
焼き滅ぼされた跡

暗闇に輝いて遠い場所は
ずっとずっと遠くの
僕たちの帰る場所は

疼きの奥で

嗚咽するひとの睫毛《まつげ》が
やわらかくこの胸に突き刺さるけれど
帰れないまま
出会えないまま
抱き寄せている

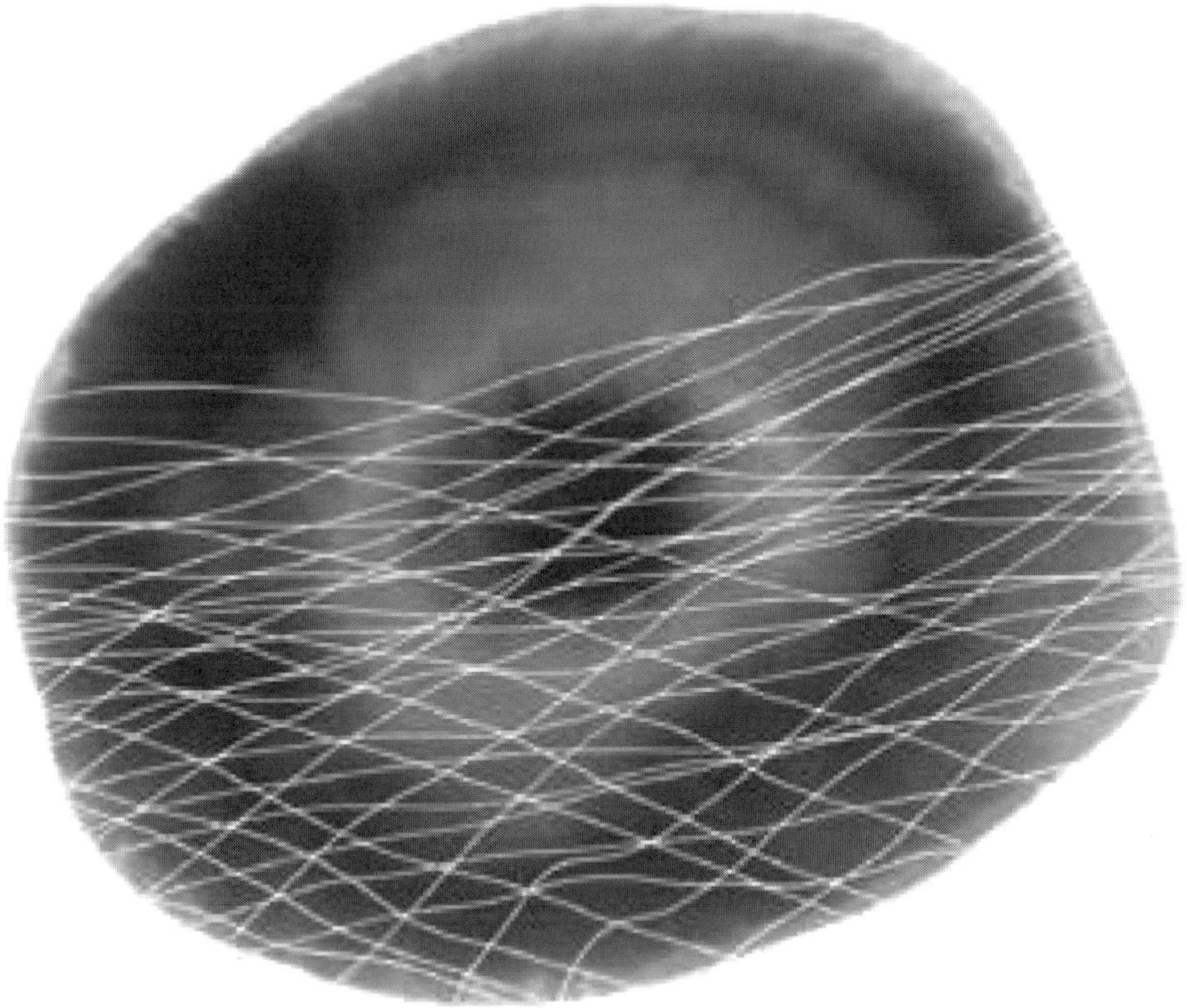

望月の垂れる水面《みなも》に浮かび上がり現世《うつしよ》の泥を抱えて帰り来るかな

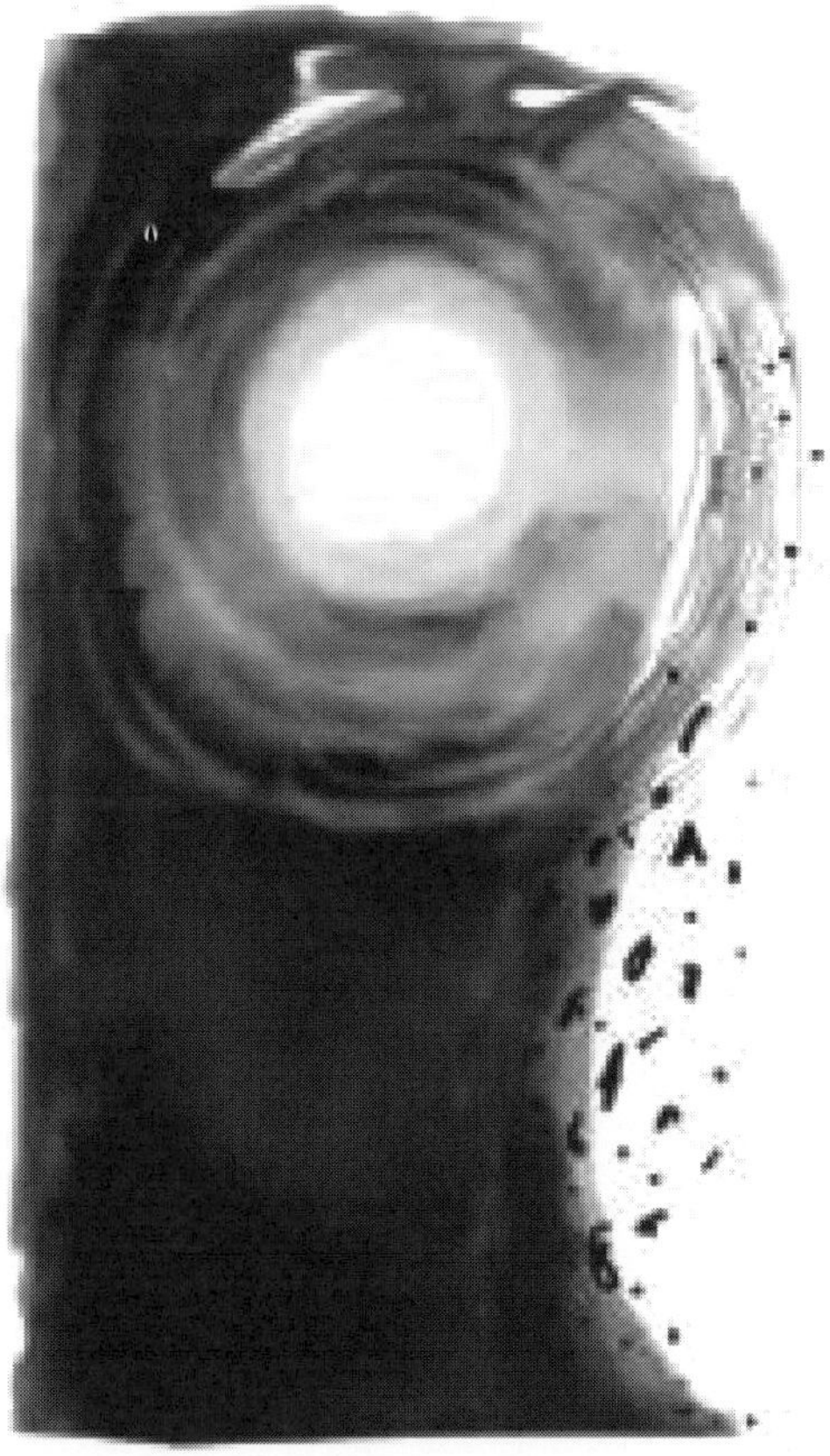

みちくさの粃　Ⅶ

歴史の教訓は、目を閉じて死ぬことの難しさにあるのか。

ひとは何ものかを引きずりまわしながら、引きずりまわされている。

みちくさの粃　Ⅷ

この生を意味づけることが、この生の意味ではない。

死者の死生を享けて初めて生きる者は己の生き死にに目覚める。

人生は一瞬ではない。ましてや一瞬の集積などでは決してない。

〈時〉とは喩である。

あなたにおくる

ぬばたまの　やみのむこう
ひとのこは
おもかげを
ひとつ　ひとつ　おもいえがくのでした

ねこのしなやかなひげ
いぬのぬれたはな
こぶたのたれたみみ
とびは　くさはらに　あおいかげをおとし
おじかの　かみさびたまなざしは

くらやみのおくからじっと
こちらを　みすえている

まぶたをとじれば　それは
かぞえうたのように　うたわれるのでした　そして
おもいだされたものは
ねむりいるひとのこを
みまもるのでした

あさいちばんのお日さまに　めざめたひとのこは
あらたなるよに
とうげをこえて　となりのむらまで
火を　とどけなければなりません
むらから　むらへ
火をとどけることは　ひとのこのやくめなのでした
いくつもの
いくつもの　火が
いくつもの

いくつもの　むらむらへと
とどけられていくことで
むらむらの
いさかいは　ほころび　おさまるのでした

あねさまと　ひとのこは
ものがおかれていないほこらの　まんなかで
むきあいます
あねさまは
ひとのこに
ことばのすみかに　とどめておくことを　しずかに
つたえます

あゆみをかぞえること
ここのそあまりここのつをかぞえるたびごと
火のおせわをすること
ひきかえさぬこと
くちをきかぬこと

これらのおきてを　ひとりのむらおさが
よしというまで　やぶってはならぬこと

あねさまは　つげました
ことばのすみかに　ともしなさい
おまえが　これをやりとげるのです

とうげに　お日さまが　しずみます
あねさまたちに　みおくられて　ひとのこは
ほこらを　でます　たいまつは
おとこの火ですから
かざしてゆくわけにはまいりません
月あかりをたよりに
やまにいり　ほそみちを　すすみます
ひとのこは　もう
ひきかえすことはできません
むらのいぬが　とおぼえをします　おおかみやたぬき
やまのけものたちが　そのこえに

こたえます

ちちのにおい
うまれたばかりの　わがこのかおりがする
かおりのすみかを　まもらなければならない
やまのけものたちは　そう
ことばのすみかでとなえるのでした

ひい　ふう　みい　よお
いつ　むう　なな　やあ　ここの　とう
ひい　ふう　みい　よお
いつ　むう　なな　やあ　ここの　とう

ふくろうの　なきごえが
やまのみちすじをつげます　ひとのこは
いくすじものおがわを
わたってゆきます
あらたなるよに
やまねことまむしは

けんかをよして
わがことおなじかおりのすみかからきこえる
じり　じりと
つちをふみしめる　かすかなこえに
みみをすませます
とうげのいただきに
ひとのこが　たどりついたとき
お月さまが　いっそうあざやかに　しろがねのかがやきを
はなちました　すると
ぬばたまのやみのむこうから
おじかが　あらわれました
おじかのつのは
いにしえのもんしょうのように
おごそかなものでした

むねのうちの火をわたしにおくれ
おじかは　やさしく　きっぱりと
ひとのこにつげます
おまえが　むねのうちにまもっている　その火を

わたしに　おくれ
おじかは　やさしく　きっぱりと　そう
つげるのでした
おじかの　ことばは
ひとのこの　からだを
しびれさせ　ことばのすみかを
まどろませます　そして
おじかは
このことばのすみかに　くちびるをあて
火を　ごくりと
ひとくちにのみこんでしまいました
おじかは
うっとり　めをほそめて
ぬばたまのやみのむこうへ
かけおりていきました
とりのこされたひとのこは
そこにしゃがみこんでしまいました

どうしたの
くさはらのこが
ひとのこに
たずねます
われわれの　火を
おじかが
たべてしまいました
ぼんやりと
ひとのこは
こたえました
くさはらのこは
ほほえみを
たやさず
こしに
ひっかけていた
たけづつを
とりだし　まず
ひとのこに　ひとくち
しみずを

のませてやりました　それから
てぬぐいをしめらせて
ひとのこの
あしについた
どろを
ぬぐってやりました

あらたに
火が
うまれかわる
とき
あおぞらをいただく
くさはらの
まんなかに
かぜもまた
かけぬけていく

くさはらのこは
つげます
しばらく
めを
いつものとおりに
ことばのすみかに
うたってごらん
ひとのこは
くさはらのこの
すがたを
かれた
あにさまのように
したわしくおもい　そっと
まぶたを
とじて
うたいはじめました

ねこのしなやかなひげ
いぬのぬれたはな

こぶたのたれたみみ
とびは　くさはらに　あおいかげをおとし
おじかの　かみさびたまなざしは　ああ
ぬばたまのやみのおくから
われわれをいぬく

おじかが
くちびるを
あてた
ことばのすみかのあたりが
むずむず
あつくなってきます
ひとのこが
めをさますと
ことばのすみかにともされた
火は
お日さまのように
こがねの　かがやきを
はなつ

光に
なっていました

ひとのこが　とうげをおりていくと
となりむらのあたりに
おとこたちのかざす　いくつものたいまつが
かかげられているのでした　ひとのこは
おとこたちのたいまつにむかえられて
むらおさのもとまで　いざなわれるのでした

むらおさが　ひとのこにつげます
ふるきむらの　ひとのこよ
おまえは　あらたなるよあけに
火をとどけてくれた　ここからは
われらがあずかり　つぎのあらたなるように　ふたたび
となりむらへ
とどけるだろう

ひとのこはうちあけます
わたしは
いにしえにさずかったおきてを
やぶりました
火は　ほこらから　たずさえたものではありません
くさはらのこが　さずけたのです
われわれの火は
おじかがたべてしまいました
わたしは　くさはらのこと　くちをきいてしまいました

むらおさはひとのこにたずねます
くさはらのこがあらわれたのは
よのことか
ひとのこがこたえます
そらは　ひるのようなあおをいだいていました
むらおさはつげます
これこそあらたなるよのできごと
とうげのいただきで
おじかにあったものは

ゆめをみる　そして
ひとのこは　ひとりではなくなり
ことばのすみかの火を
あらたにする
おまえはおきてをやぶってはいない
おまえは　ことばのすみかにすまう
おおくのものたちにまもられて　われわれの火を　あらたにしたのだ

ひとのこはおもう
ああ
おじかは　かれたあにさまのけしんではなかったか
やみにかれたものたちの　いのりではなかったか

おしまい

消しゴムくんのブルース

縮《ち》びた
転がった
何処をどうとび撥ねちまったのか

優しいおまえ
寄る辺ないおれ
あなたを傷つけたくないと
おれは突き放されて
おまえを見失って

おまえのために
この身をすり減らすことが
おれの望みだったのに
逸《はぐ》れた
落ちぶれた

明日《あす》まで消えちまったのか
おまえに判るのか
愛をただ眺めているのか

机の上
筆箱の中
おまえのポケットの真夜中
おれがまだとがっていたころ
おまえがまだまっしろだったころ
開かれたノートが

おれの見つめるすべてだった

砕けた
折れた
還る場所さえ失くしちまった

胸の奥だけは
汚《けが》れないままに

鉛筆にも
ましてや時計になんかできやしない
うっかりした
ためらった
ゆきすぎた
おまえが
何度でも　何度でもやり直せるように
この身を使い果たす

そんなふうにやりなおせればと

願ってるんだ
こなごなのいま

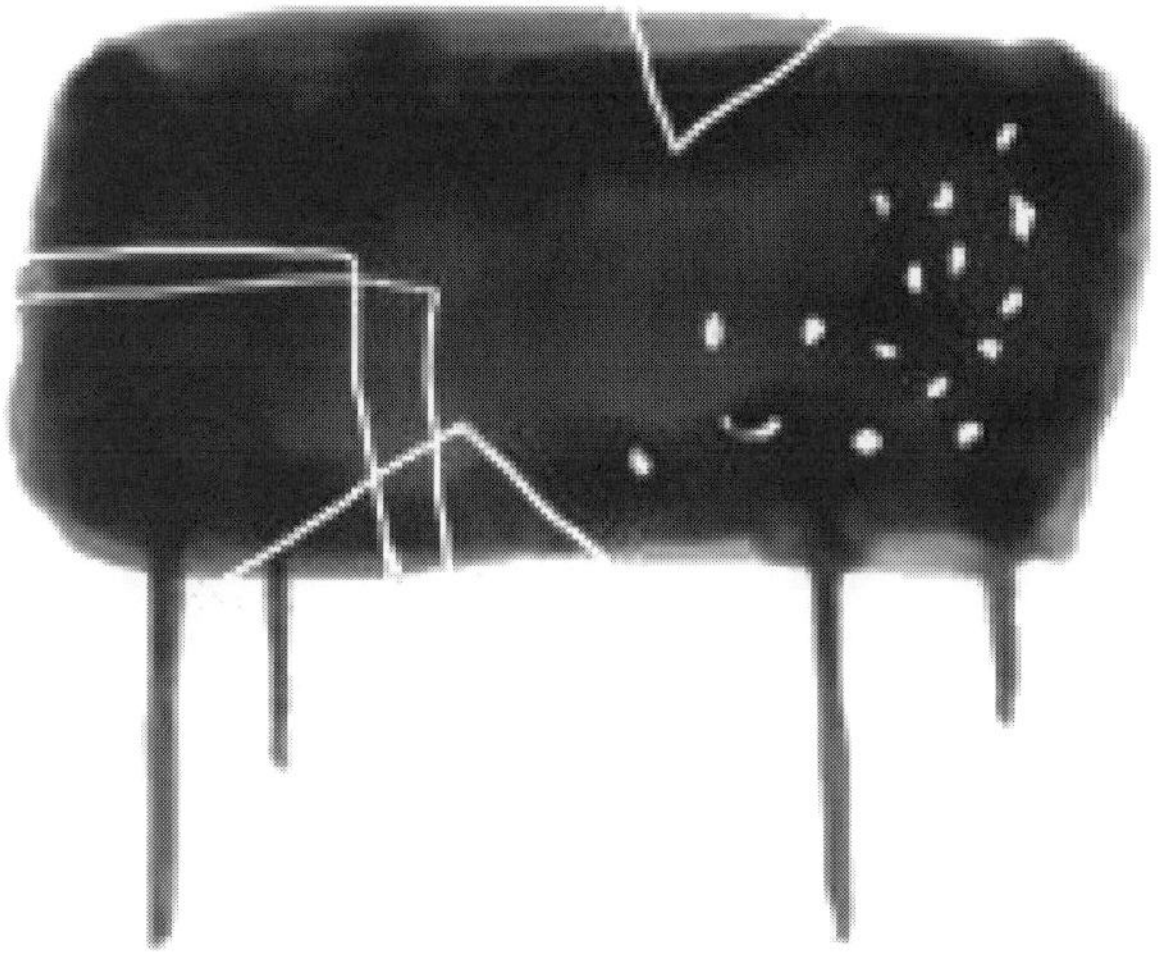

ギフト

暗い海空《うみそら》に突き出した堤防の先から
飛び立つつばさを眺めていた
光が見えなくなるまで

出会って　肩を組んで　歩いていると
帰る場所ができた
だから　いつでも
旅立つことができるね

信じ始めるのは　今からだと思う

折れたクレヨン
しまわずに　使い切る
最後まで

陽だまりの音をたのしむことも
打ちつける雨音の隙間に　耳を澄ませることも
忘れないでおこう

出会って　肩を組んで　歩いていると
帰る場所ができた
だから　どこまでも
旅立つことができるね

信じ始めるのは　今からだと思う

贈り物のクレヨン
しまわずに　使い切る
最後まで

クラヴィエ

化粧を落とした繁華街の路地に　水を撒いているおばさん
街樹を囲う縁石に腰かけて　紫煙をくゆらす女
遊戯施設の脇のベンチで　死んだように眠る男
徐行する清掃車の　赤と黄とテールランプが点滅し　回収されてゆく　街灯の綻び
朝焼けに
烏も発声する
路傍の草花もひかる
しばし僕も　指を置いて

鍵盤が弾かれる

今日一日の前奏

私《わたくし》動詞

晒し隠れ演じ犯し欠け
現れ満ち悼み割き
生み応え聴き
放ち叫び交わり否み呪い
滲み避け爆ぜ
濡れ忘れ重なり知り
発ち憩い脱ぎ
失い帰り歩き眺め

浮かび打たれて

この日々を乗り継いでいる

みちくさの粃　IX

ことばはみな、　ながい記憶の欠片。

ことばが歳月を織りなす。

指示語は秘儀。倒置は浮上であり、反復は舞踏する。

一片の詩が想う相手が、たった一人でもかまわない。

みちくさの粃　X

〈犠牲〉に自己は立たないと思っている。

〈愛〉もまた、掬い上げた人々と同じほどの数の人々を見棄ててきた。

ひとは〈他者〉に対して無力である。だから何も強いる必要はない。

愚かさは人間に固有で、〈自然〉にはない。

暗い日に捧ぐ

崩れ落ちたレンガの破片に
乳液のひとしずくが　浸みていく
母のくれた　初めてのキスのように
しんしんと　護られたいたみに響く

アンヌ

きみがブラウスの前をはだけると
根のふかい紫色の痣がいくつもみえて
あばら骨が浮き出ていて
日にやけて
若紫のつやにかがやく
口紅の似合う
きみの微笑みとはうらはらに

きみは　ただ少し照れていた
きみの生身のからだ　と僕は思った

戦禍に埋《うず》もれた舗装道路に分け入ると
つましく賑わう屋台が見えた
きみの家《うち》のひとたちが働く

小柄できびきびと立ち働く　顔いちめんに皺が刻まれたおじいさんが
異邦人の僕にも　はにかみながら　鶏肉《けいにく》と香草をはさんだ熱々のパンを　差し出し
　てくれた
差し出された手
薄っぺらい僕の手なんかよりも何倍も厚い　指の揃わない名誉ある手
僕はお礼も言うやおそき　パンをほおばると　夢にもみないスパイスの強い刺激が
　口のなかいっぱいに広がった

季節を失くした庇のもと　けなげな調理場を差配する
からくさ模様のバンダナで髪を覆ったきみの姿
再会までの複雑さは　順路を指すのではなくて
時間
喩もかそけく

死んでいたのかもしれない
生まれようとしていたのかもしれない
乗り越えてなどいない　けれどもありつづけた　冷めた蛹の呼吸か

かつてきみは　仮面を着替える騎士だった
とりどりの奇術をあやつる
ときに現れ　ときに隠れる
地下に地上に蔓延《はびこ》る
コールタールに浮かび上がる人相を蹴散らす　事態の無表情のさなかで
正体を知るのはたぶん僕だけだった
着飾る紙幣から離れた
曲がる上り坂のさきの漆喰のドーム　そこがきみのアジトだった
庭先には　幼い豚と　誇り高い鶏冠《とさか》　物干し竿　桜桃の日暮れ

傷と五月　きみのからだのいま
僕はブラウスのボタンを一つ一つ留めた
破壊されたこのアパートの二階の窓にまで　下の露店から湯気が立ちのぼってくる
残された者たちのいとなみ
それを置き去りにしてでも　僕はきみの手をとって　ここを出る

ある街に生まれた
この時代に生きるのだから

南の島へ
船の帰りを待つ　小さな漁港の突堤に佇む猫たちのひげが　朝陽に輝く
砲声が届かなかった一日へ
砂浜で　夕陽にさよならを告げる海原を　眺めるきみの静寂《しじま》を
膝に抱《だ》いて

深夜二時

あしたへの象形が喃語へと崩れぬく

ミジ　コジ

ツラ　スラ

テジ　グヂ

シリ　ルギ

ヤガ　ネガ
デュロ　プヴァ
よみ　かへる
ぬめる青蛇《せいじゃ》のまばたきか
深夜二時

冬の旅

自由が来たから話す。然しその自由はまた永遠に失われなければならない。

夏目漱石『こころ』

第一歌　業務上の過失

教師は担当の授業をすっぽかした。

科目は現代国語である。しかしこの男は音楽室に向かっていた。最前列の中央に着席した。生徒のいないたった一人の授業だった。

教室から出ると、後輩の男が「現代国語の授業ではなかったのですか」と尋ねた。国語教師は過ちに気がついた。折しも授業参観日である。貿易港を見晴るかす五階から駆け下りる。ぽつぽつと帰途につく保護者のあいだをすり抜けながら、教師は馴染みぶかい教室にたどり着いた。まもなく日が暮れる。薄暗くなった教室に、生徒たちは整然と着席していた。誰一人私語をする者はなく、全員が正面の黒板のただ一点を凝視していた。参観する大人はまだひとりふたりいたかもしれないが、子どもたちは意に介していない。

教師はほっとした。授業にふさわしい、意識の集中した時が流れていることを確かめられたからである。けれども、生徒たちに対して申し訳なく思う気持ちと、自身の過失に対する切迫した困惑とに胸を締めつけられた。

助けとなる書物を求めて、四階の図書館へ向かう。途中、階段を昇る大人を何人か追い越した。彼女たちの行き先もおそらく同じところなのだろう。図書館は斬新である。それは、学校図書館と市立図書館が併設されたものであり、出入り口に設置された赤いエレベーターで降れば地下鉄の駅にアクセスすることができた。

図書館の出入り口は自動改札のようになっており、ふつうIDカードを機械にかざして入館する。しかし、教師にはその準備がなく、またその必要も感じなかった。だから、その低い見せかけの結界を飛び越え、まっすぐに図書館の中央に位置する受付の背後の書庫へと向かった。

図書館には、誰一人見当たらない。空調は通常で、館内はがらんとしている。書庫の入り口は、分厚い鋼鉄の扉で閉ざされていた。男は、黒く光る巨大な扉に、縦に長く伸びた自分の姿をうっすらと映しながら、自分の背丈よりも高い、大きな把手を両手でつかみ、えいと力を入れて引こうとした。けれども扉は微動だにしなかった。

第二歌　地下構内

ショッピングモールの通路やデパートの入り口は、いつもは妖しい蛍光灯に照らされて賑わうものだった。けれどもこの日はすべての店が閉ざされシャッターが下ろされていた。人通りもまばらで、薄暗かった。ここにあまり来たことがない者には地下に張り巡らされた通路は迷路のように感じられる。全ての店のシャッターが閉じられていたこと、薄暗いこともまた歩く者の方向感覚を失わせる。革靴の男はあっちに進みこっちに折れ曲がりしてはまた同じところに帰ってきてしまう。やむなくデパートの入り口に置かれ、処分されるはずのダンボールを組み立てて、その中に閉じ籠ろうとした。すると、通りがかりのビジネスマンが「そんな馬鹿な真似はよせ！」と革靴の男に向かって怒鳴った。問いは、その声に従うかどうかではなかった。組み立てたダンボールの中に閉じ籠ってみたところで心は休まるはずもなかった。

第三歌　自転車泥棒

通用口から地上に出てくると、故郷《こきょう》は荒廃していた。曇天、気流は激しかった。建造物はどれもコンクリートの打ちっぱなしであった。国道を挟んだ筋向いの消防署の前で、警視庁の高官が、仰々しい制帽を剥ぎ取られてなお逃げ惑っていた。

目の血走った暴漢は、しりもちをついたまま後ずさりする制服に向かって至近距離からショットガンを撃った。長い銃身の先からカーキ色に煤けた硝煙がたちのぼる。撃たれた高官は吹き飛んだ。眼は死んでいない。2、3発の銃弾が胸や腹にめりこみ、はだけたシャツのしたからのぞく白い肌着には濃厚な血の色が浸み出していた。高官はおもむろに立ち上がり、呆然とする暴漢からショットガンを取り上げ、何発も撃ち続けた。それは一瞬の出来事であった。弾が切れるところで報復を済ませた警察官僚は、高ぶる気持ちのままに、携行していた拳銃を抜いて厳かに弾を込め自分の側頭部を撃ちぬいた。

暗い光景のことごとくは近視の男の眼に焼きつけられた。二人の遺体へ駆け寄ろうと道路を横切り中央分離帯まで来たその時、路地の鳥羽口から現場を目撃した町の者が、「これほどのヤマだ、黒幕がいるに違いない」と叫んだ。ちょうどそこへ、海に面した国道をずっと向こうからジグザグに暴走するジープがあっというまに群集の前までやって来た。運転席の白人が、薄ら笑いをうかべながら、窓から黒く光るショットガンの銃口をちらつかせた。その場に居合わせた町の男たちは、大衆浴場の前の四つ辻にうち倒されていた自転車を起こし、それに乗ってちりぢりに路地の奥へと逃げ去った。

第四歌　竹

垣根の下にもぐりこみ、屋根の上を渡り、遠くまで逃げてきた。ついに、子どものころに眠っていた二段ベッドの上で、やわらかなシーツのくしゃくしゃのしたたに身を隠すことができた。ほっとしただけでなく心がわくわくしてきたつらぬきは、そうっとシーツから世界に首を覗かせた。すると、見渡すかぎり、まっすぐな竹が幾本も幾本も生えていた。すべての日の光が竹の葉を透かし、こんもりとした土の地面がうっすらとしたみどりのグラデーションに染め上げられている。

二段ベッドは竹藪のほうへ引き寄せられていく。そこで、つらぬきの右前、車で言えば運転席のところに、一人の天女がこちらに背を向けて佇んでいることに気がついた。天女は萌黄色の着物を羽織り、透けるほど繊細な絹の襷を両肩に掛けていた。深く被られた冠には紅白の精巧な飾りつけが施されており、振り向いた面《おもて》の眉間《みけん》からは光が眩しく放たれている。眉はやさしくきりりとして、大きな瞳は鮮やかであった。彼女をみつめようとして、気恥ずかしくなり、項垂《うなだ》れているところに、天女は「聴かせて」と促した。

つらぬきは、自分がこれまでに求め続け、そして誤り続けたことを打ち明けた。すると、わが耳に、語りえなかったことが音楽となって流れはじめた。天女の奏でる琴の調べである。浮遊する二段ベッドは、川を下る小舟のように緩やかに竹林の中を進んでゆく。

竹林の中には、あちらこちらに築地があり、そのひとつひとつのうえに仮面で素顔を隠した天女たちがもの静かに佇んでいた。彼女たちは挨拶のふるまいを交わし合っている。

第五歌　旅のはじまり

人里からいくつもの峠を越えた山奥に、古い温泉旅館がある。木造の旧館に増設された新館は、状態においても意匠においてもまだ新しさを感じさせる。しかし、その場にふさわしくない、雑然として取り乱した雰囲気が漂っていた。きなくささ、血生臭さ、すぐさま修羅場であることが感知された。板敷きの廊下の真ん中が広くなっている。左端には色あせた赤電話が、死んだように置かれているが、その脇に黒い着物をまとった僧侶がうつぶせに倒れていた。銀髪豊かな僧侶は血も流さず、心臓麻痺か何かによって自然に亡くなったものかと見紛うほどであった。僧侶はつらぬきの師である。殺したのは他でもなく彼自身であった。

わが師だけではない。二階にも、地下にも、屋上にも、幾人もの黒い衣をまとった聖職者たちがうつぶせに、確認もされないまま倒れている。死者たちは忘却によって二度殺されていた。

つらぬきは泣いた。ただ音楽が鳴り響き始めた。竹林に流れた音楽である。

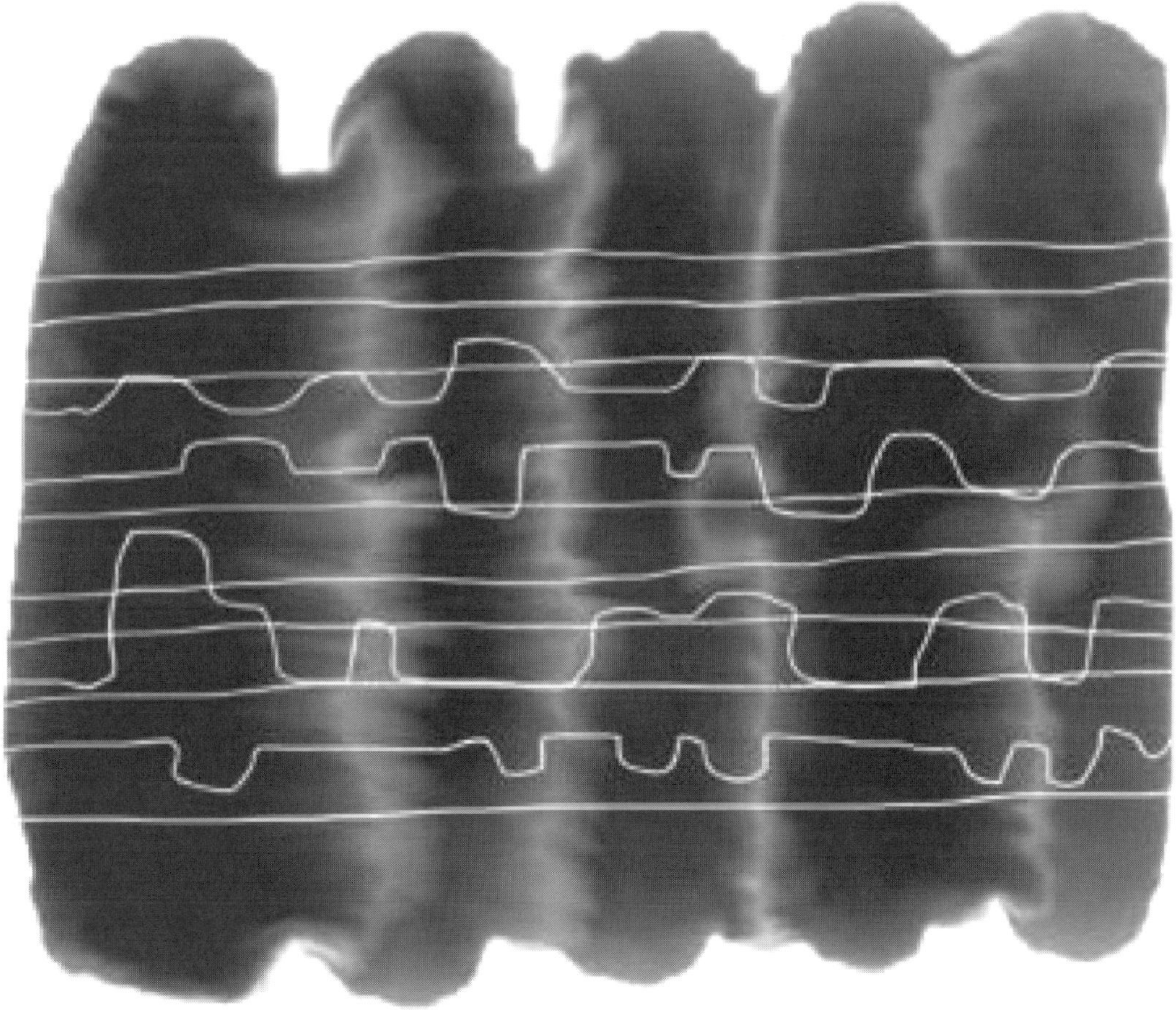

岸をもとめて

手袋をはめた少女が　凧を　揚げる
野球帽をかぶった男の子が　ボールを　待ち構える

糸は　切れ、
父は　来ない

出てきた　家を
こわせぬまま　ふるさとを

緘黙した　空と水

河口へと　流されては　ゆくものか

みちくさのあと

扉の前に立つとき、我々はいつも内側にいる。

詩、あるいは弱くたたかうこと。

現実は、宛てがわれた祖国に過ぎない。

僕が言明しなければ僕の憧れは滅びる。

己の誠実さがちっぽけであることに卑下しない。

命懸けの静穏というものがあるはずだ、命懸けの戦があるというのなら。

僕が詩集を提出する勇気は、この世界に私が生きるそれに同じい。

砂浜で焚火を熾す黄昏時まで誰の生を生きてきたのか。

そして、
祈りの韻律を辿れないか。

有朋自遠方来

『L'IF OU L'OLIVIER』Jean-Michel BONET L'HARMATTAN
『グラン・モーヌ』アラン・フルニエ　岩波文庫
『無意識の構造』河合隼雄　中公新書
『赤の書』ユング　創元社
『WILLIAM BLAKE LA DIVINE COMEDIE』BIBLIOTHEQUE DE L'IMAGE

『ひかり屋　松本衆司詩集』松本衆司　編集工房ノア
『未知草ノート』田中恭吉　和歌山県立美術館

『望郷と海』　石原吉郎　みすず書房
『野草』　魯迅　岩波文庫
『燃えるキリン　黒田喜夫　詩文選』　黒田喜夫　共和国
『詩論+続詩論+想像力』　小野十三郎　思潮ライブラリー

『最終講義　生き延びるための七講』　内田樹　文春文庫
『芸術人類学』　中沢新一　みすず書房
『精神の生活』　ハンナ・アーレント　岩波書店
『近代政治の脱構築』　ロベルト・エスポジト　講談社選書メチエ
『存在の一義性を求めて　ドゥンス・スコトゥスと13世紀の〈知〉の革命』
　山内志朗　岩波書店
『老子　荘子』　野村茂夫　角川ソフィア文庫
『生きるための論語』　安冨歩　ちくま新書
『ひらがなでよめばわかる日本語』　中西進　新潮文庫

『こころ』　夏目漱石　岩波文庫
『小さき者へ　生まれ出づる悩み』　有島武郎　新潮文庫

『水死』　大江健三郎　講談社
『１Ｑ８４』　村上春樹　新潮文庫
『ゴッホの手紙』　小林秀雄　新潮社
『銀河鉄道の夜』　宮沢賢治　新潮文庫
『現代語訳　竹取物語』　川端康成訳　河出文庫

『孔子暗黒伝』　諸星大二郎　集英社文庫
『総員玉砕せよ！』　水木しげる　講談社文庫
『龍　―ＲＯＮ―』　村上もとか　小学館文庫
『めぞん一刻』　高橋留美子　小学館文庫
『電影少女』　桂正和　集英社文庫

『イヌのヒロシ』　三木卓　理論社

『消しゴムくん』平野ややこ

あとがき

二〇二〇年秋、あとがきは書けないものと諦めていました。十年余り通い続けてきた大阪文学学校のゼミナールも今期は開講されませんでした。そうして何かと気の塞がれる日々のなか、詩友の畑章夫さんが神戸まで僕を訪ねてきてくれました。元町界隈の大衆居酒屋の隅で、テーブルを挟んで、例のごとく彼と僕は詩の話を交わしました。

二行でもいいから、あとがきは書いた方がいい。読者は、あとがきから作者の人となりに接して、また詩を読む手がかりを得るのだから。そう、畑さんが優しく励ましてくれました。

「自由とは着衣のまま水平であること」 これは、大阪文学学校のチューター、松本衆司先生が贈ってくださった詩の一節です。大切にしたい姿勢がここにあります。僕が仕事に溺れて文校への通いが途絶えると、先生は僕の職場にまでさりげなく短い電話をかけてきてくれました。自分に宛てられた無償の声が、僕にどれだけ力を与えてくれたか知れません。

蟲の涌くような暗闇から己を解き放つ。そう、恩師からの助言は心にはたらくのでした。

大阪文学学校は、かけがえのない詩友との出会いと別れの場です。この第一詩集は、その方々と贈り合った言葉のうえに成り立っています。

住吉に構えられた、内田樹先生が主宰される凱風館寺子屋ゼミに通い始めて五期目に入ります。そもそも僕は、聖域の中では、寺院を好み、神社を忌避してきました。前者では罪が身から落ちる感覚がありほっとする一方、後者では異質な何かがこの身に吹き込まれる感触があり、それが恐ろしかったからです。凱風館は、神域の趣きです。月に三度、凱風館にのぼるたび、身体に電撃がはしり、きっと、僕の卑屈さが、怠惰が、打たれるのです。これは名状しがたい、けれども確かな実感です。入門して三年が経ったころ、眠らせていた感覚がここで激しく刺激されていることをようやく自覚しました。知性とは、堅牢な観念の塔というよりもむしろ、精神までも賦活する共身体的な感性に相通うことをこの道場で学びました。

内田樹先生をはじめ、諸先達の健全なありようから薫陶を受けたことでまた、僕はこの第一詩集を編む力に与ったのです。

装幀と挿絵を引き受けてくれたのは、幼稚園で知り合って以来の畏友、平野友識君です。彼は僕の感性の師です。同じく幼馴染の上山彰規君、木村信紀君とともに、僕の帰る場所を準備してくれ、それゆえ僕に自由であることを諭す人です。

いつかともになにかをつくりたい。思春期にそう願ってから、はや二十年が積もりました。この第一詩集は、その念願が叶えられた一冊でもあります。

最後に、編集は澪標の松村信人さんが担当してくださいました。松本衆司先生からのご紹介です。初めてのことばかりで要領を得ず遅々として事を進められない僕からの相談に、親身になって応じてくださいました。また、苦しい世情であるにもかかわらず、いくつも無理をきいていただいたおかげでこの第一詩集は成りました。
その過程で、詩を書くだけでは分からなかったことがいくつもありました。第一に、詩集を編むことは、自分の詩に別れを告げる儀礼であるということ。

ジャン＝ミッシェル。ポワチエの共同墓地にあなたの墓碑を参ったのは、あなたが亡くなったという訃報を御母堂からのお手紙で知らされてから、五年も経った後のことでした。図らずもあなたの墓前に突っ伏して泣いた時、迂闊にもようやく、僕にとってのあなたの存在の尊さを僕は思い出しました。大切なものは、それを喪った後になって初めて気づかれる。その愚かさから脱する術を僕は未だに知らない。ただ、書くと、あなたに誓ったあの日から十年をかけて、ここに辿り着いたのです。それは、軟弱な僕にとって、決して平坦な道のりではありませんでした。辛うじて虚無に抗することで発つ旅路でした。はるかな古道を丁寧に歩んでゆくなかで思索と著作を続けてきたあなたから、これからも多くのことを教わらなくてはなりません。

僕の第一詩集『キャラヴァン・ノート』をいま、あなたの魂に捧げます。

二〇二〇年　初冬　　列島の港町にて　　西野　赤

西野　赤（にしの せき）

1976年　大阪府生まれ。

〒650-0003　神戸市中央区山本通3-16-13-201

notesdecaravane@gmail.com

キャラヴァン・ノート

二〇二〇年一二月三日発行

著　者　西野　赤

発行者　松村信人

発行所　澪　標《みおつくし》

大阪市中央区内平野町二・三・十一・二〇二

ＴＥＬ　〇六・六九四四・〇八六九

ＦＡＸ　〇六・六九四四・〇六〇〇

振替　〇〇九七〇・三・七二五〇六

印刷製本　亜細亜印刷株式会社

ＤＴＰ　山響堂 pro.